U0087797

© 皮皮與波西：紅氣球

文　　圖	阿克賽爾‧薛弗勒
譯　　者	酪梨壽司
責任編輯	倪若喬
美術設計	李唯綸
發 行 人	劉振強
發 行 所	三民書局股份有限公司
	地址　臺北市復興北路386號
	電話　(02)25006600
	郵撥帳號　0009998-5
門 市 部	(復北店) 臺北市復興北路386號
	(重南店) 臺北市重慶南路一段61號
出版日期	初版四刷　2019年1月
編　　號	S 858141

行政院新聞局登記證局版臺業字第○二○○號

有著作權‧不准侵害

ISBN　978-957-14-6105-2　（精裝）

http://www.sanmin.com.tw　三民網路書店

※本書如有缺頁、破損或裝訂錯誤，請寄回本公司更換。

皮皮與波西

紅氣球

阿克賽爾・薛弗勒／文圖　　酪梨壽司／譯

三民書局

皮皮有一顆氣球，
一顆屬於他自己的氣球。
氣球大大的、紅紅的、圓圓的，
皮皮喜歡得不得了。

皮皮把氣球帶去給波西看。
她也覺得氣球好可愛。
他們決定帶氣球出門走走。

每個人看到氣球都笑咪咪。

氣(ㄑㄧˋ)球(ㄑㄧㄡˊ)讓(ㄖㄤˋ)大(ㄉㄚˋ)家(ㄐㄧㄚ)都(ㄉㄡ)很(ㄏㄣˇ)開(ㄎㄞ)心(ㄒㄧㄣ)。

每日5蔬果

然而，一個不小心，
皮皮讓氣球飛走了！

氣(ㄑㄧˋ)球(ㄑㄧㄡˊ)飄(ㄆㄧㄠ)到(ㄉㄠˋ)半(ㄅㄢˋ)空(ㄎㄨㄥ)中(ㄓㄨㄥ)。

皮ㄆㄧ皮ㄆㄧ和ㄏㄢ波ㄅㄛ西ㄒㄧ想ㄒㄧㄤ把ㄅㄚ氣ㄑㄧ球ㄑㄧㄡ追ㄓㄨㄟ回ㄏㄨㄟ來ㄌㄞ。

但它愈飛愈高……

愈ㄩˋ飛ㄈㄟ愈ㄩˋ高ㄍㄠ ！

然後，
砰！
氣球破了！

喔ㄜ， 天ㄊㄧㄢ 啊ㄚ！

氣球破了，
皮皮好傷心好難過。

他_{ㄊㄚ} 一^ㄧ 直_{ㄓˊ}哭_{ㄎㄨ}……

一^ㄧ直_{ㄓˊ}哭_{ㄎㄨ}……

一^ㄧ直_{ㄓˊ}哭_{ㄎㄨ}。

可憐的皮皮！

這時ㄕˊ，
波ㄅㄛ西ㄒㄧ想ㄒㄧㄤˇ到ㄉㄠˋ一ㄧˊ個ㄍㄜˋ好ㄏㄠˇ主ㄓㄨˇ意ㄧˋ。

她說，
我們來吹泡泡吧！

所(ㄙㄨㄛˇ)有(ㄧㄡˇ)的(ㄉㄜ˙)泡(ㄆㄠˋ)泡(ㄆㄠˋ)都(ㄉㄡ)飄(ㄆㄧㄠ)走(ㄗㄡˇ)了(ㄌㄜ˙)。

所有的泡泡都破了。

但是皮皮和波西一點也不難過，
因為泡泡本來就會破啊！

太_{ㄊㄞˋ}棒_{ㄅㄤˋ}啦_{ㄌㄚ}！

Pip had a balloon.
A balloon of his very own.
It was big and red and round,
and Pip liked it very much indeed.

Pip took it to show Posy.
She thought it was a lovely balloon too.
They decided to take it for a walk.

Everyone who looked at the balloon smiled.

It made people happy to see it.

FRUIT & VEG
5 A DAY

But then, by mistake, Pip let the balloon go!

LITTER

The balloon floated into the air.

Pip and Posy chased the balloon.

Pip was very, very sad that the balloon had burst.

He cried . . .

and cried . . .

and cried.

Poor Pip!

Then Posy had a really good idea.

She said that they should
blow bubbles.

ALL the bubbles floated away.

And ALL the
bubbles popped.

Hooray!

But Pip and Posy didn't mind, because
that's what bubbles are supposed to do!

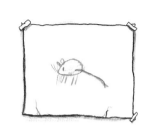

阿克賽爾・薛弗勒　Axel Scheffler

1957年出生於德國漢堡市，25歲時前往英國就讀巴斯藝術學院。他的插畫風格幽默又不失優雅，最著名的當屬《古飛樂》(Gruffalo) 系列作品，不僅榮獲英國多項繪本大獎，譯作超過40種語言，還曾改編為動畫，深受全球觀眾喜愛，是世界知名的繪本作家。薛弗勒現居英國，持續創作中。

酪梨壽司

畢業於新聞系，擔任媒體記者數年後，前往紐約攻讀企管碩士，回臺後曾任職外商公司行銷部門。婚後旅居日本東京，目前是全職媽媽兼自由撰稿人，出沒於臉書專頁「酪梨壽司」與個人部落格「酪梨壽司的日記」。